Este libro pertenece a:

This book belongs to:

Nota a los padres y a los tutores

Léelo tú mismo es una serie de cuentos clásicos, tradicionales, escritos en una forma sencilla para dar a los niños un comienzo seguro y exitoso en la lectura.

Cada libro está cuidadosamente estructurado para incluir muchas palabras de alta frecuencia que son vitales para la primera lectura. Las oraciones en cada página se apoyan muy de cerca por imágenes para ayudar con la lectura y para ofrecer todos los detalles para conversar.

Los libros se clasifican en cuatro niveles que introducen progresivamente más amplio vocabulario y más historias a medida que la capacidad del lector crece.

Note to parents and tutors

Read it yourself is a series of classic, traditional tales, written in a simple way to give children a confident and successful start to reading.

Each book is carefully structured to include many high-frequency words that are vital for first reading. The sentences on each page are supported closely by pictures to help with reading, and to offer lively details to talk about.

The books are graded into four levels that progressively introduce wider vocabulary and longer stories as a reader's ability grows.

Nivel 4 es ideal para los niños que están listos para leer historias más largas, con un vocabulario más extenso y empezar a leer independientemente.

Level 4 is ideal for children who are ready to read longer stories with a wider vocabulary and are eager to start reading independently.

Características especiales:

Special features:

Historia excitante

Full, exciting story

Ilustraciones detalladas para capturar la imaginación

Detailed illustrations to capture the imagination

Tipografía clara

Clear type

Vocabulario más rico y variado

Richer, more varied vocabulary

Frases más largas

Longer sentences

Text within illustrations:

Tan pronto Blanca Nieves mordió la manzana, se cayó y murió.

Cuando los enanos regresaron, la trataron de ayudar, pero era muy tarde. No la pudieron despertar.

Los enanos se pusieron muy tristes.

As soon as Snow White bit the apple, she fell and died.

When the dwarfs came back, they tried to help her, but it was too late. Snow White could not be woken.

The dwarfs were very sad.

38

Blanca Nieves creció, y estaba más bella cada día.

Un día, cuando la reina fue a su espejo él dijo, "Blanca Nieves es la más hermosa de todos".

Snow White grew up, and she looked more beautiful every day.

One day, when the queen went to her mirror it said, "Snow White is the fairest of them all."

10

11

Educational Consultant: Geraldine Taylor

A catalogue record for this book is available from the British Library

Published by Ladybird Books Ltd
80 Strand, London, WC2R 0RL
A Penguin Company

001 - 10 9 8 7 6 5 4 3 2 1
© LADYBIRD BOOKS LTD MMXI. This edition MMXII
Ladybird, Read It Yourself and the Ladybird Logo are registered or
unregistered trade marks of Ladybird Books Limited.

ISBN: 978-0-98364-507-8
Printed in China

Blanca Nieves y los siete enanos

Snow White and the Seven Dwarfs

Illustrated by Tanya Maiboroda

Había una vez una hermosa reina que tuvo una niña.

La piel de la niña era tan blanca como la nieve, y tenía una hermosa cabellera negra. La reina le dio el nombre de Blanca Nieves.

6

Once upon a time, a beautiful queen had a baby girl.
The baby's skin was as white as snow, and she had beautiful
black hair. The queen called her baby Snow White.

Pronto, la reina murió y el rey se volvió a casar. La nueva reina era hermosa, pero muy mala. Ella tenía un espejo mágico. Todos los días le preguntaba, "¿Espejito, espejito, en la pared, quién es la más bella de todas?"

Todos los días el espejo decía, "Usted Reina, es la más bella de todas".

But soon, the queen died and the king married again. The new queen was beautiful, but she was very wicked. She had a magic mirror. Every day she asked it, "Mirror, mirror, on the wall, who is the fairest of them all?"

And every day the mirror said, "You, Queen, are the fairest of them all."

Blanca Nieves creció, y estaba más bella
cada día.

Un día, cuando la reina fue a su espejo él dijo,
"Blanca Nieves es la más hermosa de todas".

Snow White grew up, and she looked more beautiful every day.

One day, when the queen went to her mirror it said, "Snow White is the fairest of them all."

11

La reina estaba furiosa. Ella no quería vivir con alguien más hermoso que ella.

Ella llamó a su cazador y le dijo, "Lleva a Blanca Nieves al bosque y mátala".

The queen was angry. She didn't want to live with anyone more beautiful than herself.

She called for her huntsman and said, "Take Snow White into the forest and kill her."

13

Entonces el cazador llevó a Blanca Nieves al bosque. Caminaron todo el día pero él no pudo matarla. Ella era muy bella.

"Corre, escapa", le dijo él. "La reina te quiere matar. Nunca debes regresar. Si regresas vas a morir".

So the huntsman took Snow White into the forest. They went on and on all day, but he could not kill her. She was too beautiful.

"Run away," he said. "The queen wants to kill you. You must never come back. If you do, you will die."

Blanca Nieves corrió al bosque. Pronto, llegó a una casa pequeña. Ella no podía correr más, entonces abrió la puerta y entró.

En la casa, vio una mesa con siete sillas pequeñas. También vio siete camitas.

"Estas camas son tan pequeñas", dijo Blanca Nieves. "¿Quién podrá dormir en ellas?"

Snow White ran away into the forest. Soon, she came to a little house. She couldn't run any more, so she opened the door and went in.

In the house, she saw a table with seven little chairs. Then she saw seven little beds.

"These beds are so little," said Snow White. "Whoever could sleep in them?"

17

Blanca Nieves estaba tan cansada que se fue a dormir en las camas.

Pronto, los pequeños hombres que vivían en la casa regresaron. Eran siete enanos que trabajaban en las minas. Ellos vieron a Blanca Nieves durmiendo.

"¿Qué está haciendo esta bella niña en nuestra casa?" ellos preguntaron.

Snow White was so tired that she went to sleep on the beds.

Soon, the little men who lived in the house came back. They were seven dwarfs who worked in the mines. They saw Snow White sleeping.

"What is this beautiful girl doing in our house?" they asked.

19

De repente Blanca Nieves se despertó.

"¿Quiénes son ustedes?" dijo Blanca Nieves.

"Somos los siete enanos", respondió el más grande de los enanos.

Blanca Nieves les contó que la reina mala la quería matar y que ella había escapado.

20

Suddenly, Snow White woke up.

"Who are you?" said Snow White.

"We are the seven dwarfs," said the biggest of the dwarfs.

Snow White told them that the wicked queen wanted to kill her, and that she had run away.

21

Los enanos se miraron uno al otro. El más grande de los enanos dijo, "Debes quedarte aquí. En esta casa estarás segura".
Los enanos le dijeron a Blanca Nieves que ella nunca debe hablar con nadie que llegue a la puerta.

The dwarfs looked at one another. Then the biggest of the dwarfs said, "You must stay here. You will be safe in this house."

The dwarfs told Snow White that she must never talk to anyone who came to the door.

23

En el castillo, la reina fue al espejo.

"¿Espejito, espejito, en la pared, quién es la más hermosa de todas?" ella preguntó.

El espejo respondió, "Blanca Nieves es la más bella de todas".

La reina estaba muy enojada. Ella se vistió con ropa vieja, y se marchó al bosque. Allí encontró la pequeña casa.

Back at the castle, the queen went to her mirror.

"Mirror, mirror, on the wall, who is the fairest of them all?" she asked.

And the mirror said, "Snow White is the fairest of them all."

The queen was very angry. She put on some old clothes, and went into the forest. There she found the little house.

Cuando los enanos estaban en el trabajo, la reina tocó a la puerta.

"¿Le gustaría ver mis hermosas cintas?" preguntó ella.

Blanca Nieves abrió la puerta para mirar las cintas.

De repente, la reina puso una cinta alrededor del cuello de Blanca Nieves, para que ella no pudiera respirar.

The dwarfs were out at work, so the queen knocked on the door.

"Do you want to see my beautiful ribbons?" she asked.

Snow White opened the door to look at the ribbons.

At once, the queen put a ribbon round Snow White's neck, so that Snow White could not breathe.

27

Cuando los enanos regresaron del trabajo y encontraron a Blanca Nieves, le quitaron la cinta y la llevaron a la cama.

Pronto, ella se despertó. Ellos le dijeron que nunca más debería abrir la puerta a nadie.

La próxima vez que la reina miro al espejo, él dijo "Blanca Nieves es la más hermosa de todas".

La reina se puso furiosa otra vez. Ella dijo,

"Yo mataré a Blanca Nieves de una vez por todas".

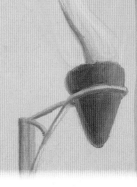

When the dwarfs came back and found Snow White, they took the ribbon off and put her to bed.

Soon, she woke up. They told her that she must never open the door to anyone, ever again.

But the next time the queen looked in the mirror, it said, "Snow White is the fairest of them all."

The queen was very angry again.

"I will kill Snow White once and for all," she said.

De nuevo, la reina se puso la ropa vieja, y fue a la pequeña casa. Esta vez, ella tenía unas hermosas peinetas.

Cuando llegó a la casa, tocó a la puerta.

"Los enanos me dijeron que no hablara con nadie que llegara a la puerta", dijo Blanca Nieves.

Once again, the queen put on old clothes and went to the little house. This time, she had some beautiful combs.

When she came to the house, she knocked on the door.

"The dwarfs told me not to talk to anyone who comes to the door," said Snow White.

"Yo dejaré una peineta cerca a la puerta y me marcharé", dijo la reina.

Cuando la reina se marchó, Blanca Nieves cogió la peineta y la puso en su cabello. La peineta tenia veneno, y Blanca Nieves se durmió.

Cuando los enanos regresaron, ellos la cuidaron, y Blanca Nieves se recuperó.

"Then I will put a comb by the door and go," said the queen.

When the queen had gone, Snow White took the comb and put it in her hair. The comb had poison on it, and Snow White fell asleep.

When the dwarfs came back, they looked after Snow White and made her well again.

La reina no fue al espejo mágico por algún tiempo.

Pero un día, le pregunto, "¿Espejito, espejito, en la pared, quién es la más bella de todas?"

El espejo respondió, "Blanca Nieves es la más bella de todas".

La reina se puso más furiosa que nunca. Ella se marchó a buscar a Blanca Nieves por última vez.

The queen didn't go to her magic mirror for some time.

But then one day, she asked the mirror, "Mirror, mirror, on the wall, who is the fairest of them all?"

And the mirror said, "Snow White is the fairest of them all."

The queen was angrier than ever. She went out to find Snow White one last time.

Blanca Nieves estaba tendiendo las camas. Esta vez, la puerta estaba abierta, y Blanca Nieves vio una mujer con unas manzanas.

"Una hermosa manzana para una niña hermosa", dijo la mujer.

Blanca Nieves fue donde la mujer y recibió una manzana.

Snow White was making the beds. This time, the door was open a little, and Snow White saw a woman with some apples.

"A beautiful apple for a beautiful girl," said the woman.

Snow White went to the woman and took an apple.

37

Tan pronto Blanca Nieves mordió la manzana, se cayó y murió.

Cuando los enanos regresaron, la trataron de ayudar, pero era muy tarde. No la pudieron despertar.

Los enanos se pusieron muy tristes.

As soon as Snow White bit the apple, she fell and died.

When the dwarfs came back, they tried to help her, but it was too late. Snow White could not be woken.

The dwarfs were very sad.

Después de un tiempo, ellos pusieron a Blanca Nieves en un ataúd de vidrio en una colina. Ella se veía como si estuviera dormida.

Un día, un príncipe pasó por ahí. El vio a Blanca Nieves acostada en la caja y se enamoró de ella.

After a time, they put Snow White in a glass coffin on a hillside. She looked as if she was sleeping.

One day, a prince came by. He saw Snow White lying in the coffin, and fell in love with her.

41

El príncipe abrió el ataúd de vidrio y besó a Blanca Nieves. El beso la despertó. Ella vio al príncipe, y se enamoró inmediatamente.

 "¿Se casaría conmigo?" preguntó el príncipe.

"Sí", respondió Blanca Nieves.

The prince opened the glass coffin and kissed Snow White. The kiss woke her. She saw the prince, and fell in love at once.

"Will you marry me?" asked the prince.

"I will," said Snow White.

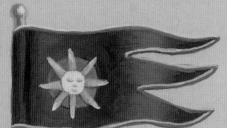

Muy pronto, Blanca Nieves y el príncipe se casaron y todos vinieron a ver. La reina mala estuvo allí también. Cuando vio a Blanca Nieves, se puso tan enojada que se marchó y jamás apareció.

Y Blanca Nieves y el príncipe, y todos los siete enanitos, vivieron contentos para siempre.

44

Very soon, Snow White and the prince were married and everyone came to see. The wicked queen was there, too. When she saw Snow White, she was so angry that she ran away and was never seen again.

And Snow White and the prince, and all the seven little dwarfs, lived happily ever after.

**¿Cuánto recuerdas de la historia de Blanca Nieves?
¡Conteste estas preguntas y sabrás!**

How much do you remember about the story of Snow White
and the Seven Dwarfs? Answer these questions and find out!

- ¿Qué cosa mágica tenía la reina?

  What magical thing did the queen own?

- ¿Por qué estaba la reina enojada?

  Why was the queen angry?

- ¿Por qué quería la reina matar a Blanca Nieves?

  Who did the queen ask to kill Snow White?

- ¿A qué casita llegó Blanca Nieves?

  Whose little house did Snow White come to?

- ¿Dónde pusieron los enanitos a Blanca Nieves cuando
  la creyeron muerta?

  Where did the seven dwarfs put Snow White when they
  thought she was dead?

- ¿Quién encontró a Blanca Nieves en el ataúd de vidrio?

  Who found Snow White lying in the glass coffin?

Mire estas palabras, descífralas y compáralas con las fotos del cuento.

Look at these words. Unscramble them to make words from the story and then match them to the pictures.

nosnae	swarfd
clanba nveise	nows thiew
renai	neueq
zadorca	smunthan
esjope comjái	cimag romirr
cipeprin	nicepr

47

Léelo tú mismo con Ladybird
Read it yourself with Ladybird

Coleccione todos los títulos en la serie.
Collect all the titles in the series.